Ein rätselhafter Arzt

von Gisela Paprotny

Dieses Buch widme ich meinem Arzt.
Er hat mir ein neues Leben geschenkt.
Dafür danke und verehre ich ihn.

Übersicht

Kapitel	Inhalt	Seite
Dezember 2015	Im Krankenhaus	4
Januar 2016	Die Herzoperation	7
Februar	Der Chirurg	10
Juni	In der Notaufnahme	13
Juli	Die Besprechung	15
August	Ein Schwächeanfall	20
September	Auf der Station	24
November	Wieder in der Klinik	30
Dezember	Das Porträt	32
Januar 2017	Die Kontrolluntersuchung	33
Februar	Der kleine Sohn	34
März	Der Kuss	35
Mai	Die Untersuchung	50
Juli	Wieder in der Notaufnahme	62

Dezember 2015

Im Krankenhaus
Eigentlich hatte ich mit meinem Leben bereits abgeschlossen. Ich besaß keinen Lebensmut mehr. Denn ich wurde von Woche zu Woche schwächer.
Ich kannte die Symptome bereits. Genau, wie vor zehn Jahren litt ich unter Atemnot, Schwäche und Schwindel.
Vor zehn Jahren wurde mir in der Klinik eine biologische Herzklappe implantiert.
Doch nun litt ich erneut unter einer Herzklappeninsuffizienz.
Der Chirurg fragte mich damals vor meiner Operation:
„Sind sie einverstanden, wenn wir sie nach der neuesten Methode operieren und dürfen Studenten während der Operation anwesend sein?"
Selbstverständlich stimmte ich zu, denn es galt jungen Ärzten neue Erkenntnisse zu ermöglichen.
Außerdem war ein Chirurg aus Amerika anwesend, der bereits viele Patienten nach der neuen Methode operiert hatte. Die Operation verlief ohne bemerkenswerte Komplikationen und nach acht Tagen fühlte ich mich wie neugeboren. Zehn Jahre lang lebte ich ohne Beschwerden.

Doch nun ging es mir von Tag zu Tag schlechter. Und ich überlegte, wie es weitergehen soll?
Habe ich überhaupt noch das Recht weiterzuleben?
Ist es von Gott gewollt, dass mein Leben jetzt endet?
Oder werde ich noch gebraucht? Habe ich noch Aufgaben zu erfüllen?

Ich habe einen Ehemann und drei Söhne die mich vermissen werden. Ich überlegte nicht länger und suchte meinen Kardiologen auf.

Der Kardiologe schickte mich sofort in ein Krankenhaus.

Es war, wie ich bereits vermutet habe wieder die Herzklappe und eine Herzoperation war dringend erforderlich.

Im Krankenhaus wurde ich mit Medikamenten stabilisiert und nach einer Woche wieder entlassen.
Das Weihnachtsfest durfte ich noch zu Hause verbringen.

Allerdings musste ich mir bis zur Operation täglich zwei Spritzen setzen. Als ich aus dem Krankenhaus entlassen wurde, sagte die Ärztin zu mir, dass sie bereits einen Operationstermin für mich arrangiert hat und dass ich in Kürze von der Klinik benachrichtigt werde.

Die wenigen Tage bis zur Operation wollte ich noch in vollen Zügen genießen. Denn es war nicht sicher ob ich noch einmal eine Herzoperation überleben werde.
Mein Ehemann stellte, wie in jedem Jahr einen Weihnachtsbaum ins Wohnzimmer, und ich schmückte ihn.
Auch draußen am Haus schmückte ich den Balkon mit einer bunten Lichterkette.

Ich liebe die Zeit vor Weihnachten und die Weihnachtsmelodien. Dazu gehört ganz besonders der kleine Trommler.

Einmal im Jahr, und nur zu Weihnachten, höre ich mir dieses Weihnachtslied an.

Und an diesen besonderen Tagen berührte mich die Stimme des kleinen Sängers wie nie zuvor. Sie machte mich glücklich, aber zugleich auch traurig. Ich drehte den Recorder auf volle Lautstärke. Ich wollte die Melodie immer und immer wieder hören.

Leider gefiel das meinem Ehemann gar nicht, und es kam zu einem sehr üblen Streit. Ich war schockiert.
Warum verstand er nicht, dass ich noch einmal glücklich sein wollte.

Nach Weihnachten setzte ich mich mit der Klinik in Verbindung. Ich konnte mir nicht erklären, warum ich noch keinen Bescheid für den bevorstehenden Operationstermin bekommen hatte.

Auf meine Frage, wann ich denn in der Klinik erscheinen soll erklärte mir die zuständige Sekretärin, dass für mich noch kein Termin für eine Operation vereinbart worden ist.

Die Krankenhausärztin hatte keinen Termin für mich vereinbart.

Ich war schockiert. Wie kann eine Ärztin für eine so dringend erforderliche Operation so gleichgültig handeln.

Januar 2016

Die Herzoperation
Die Sekretärin nannte mir daraufhin einen freien Opera-
tionstermin und fragte mich, ob ich einverstanden bin.
Selbstverständlich sagte ich zu.
Die Operation sollte am zehnten Januar stattfinden.

Wegen der notwendigen Voruntersuchungen sollte ich
allerdings schon am siebten Januar in die Klinik kommen.

Als es dann soweit war, fuhr ich sehr deprimiert und ohne
jeden Lebensmut in die Klinik. Und ich dachte, es wäre
besser wenn ich die Operation nicht überleben würde,
und ich nicht wieder nach Hause zurückkehren muss.

In der Klinik wurde ich auf der gleichen Station, auf der
ich bereits vor zehn Jahren war, in einem Drei-Bettzim-
mer untergebracht.
Dort lagen bereits zwei ältere Damen und wir kamen
schnell ins Gespräch.
Diese Ablenkung tat mir gut. Und ich dachte, egal was
auf mich zukommt, ich nehme es wie kommt. Mein
Schicksal liegt sowieso in Gottes Hand.

Einen Tag vor der Operation betraten zwei Chirurgen
das Krankenzimmer.
Ein Arzt im mittleren Alter und hinter ihm ein jüngerer
Arzt.

Ich sah seine Augen und sagte sofort zu ihm:

"*Herr Doktor Sie sind ein Löwe.*" Der Arzt sah mich erstaunt an und bestätigte meine Aussage leicht verwundert. Später erfuhr ich, dass genau dieser Arzt mich operiert hat.

Während meines Aufenthaltes auf der Intensivstation, wurde der Vorhang vor meinem Bett zur Seite geschoben und zwei Ärzte schauten mich an. Sie erkundigten sich nach meinem Zustand und wie ich mich fühle.
Ich schaute kurz zu den Ärzten hin und erkannte den Arzt mit den wunderschönen Augen.
Seine Nähe tat mir gut und ich schlief angenehm berührt wieder ein.
Als ich wieder in meinem Zimmer lag, kam der Arzt erneut zu mir und fragte nach meinem Befinden.
Denn es ist allgemein üblich, dass die Ärzte sich ihre Patienten nach einer Operation anschauen.
Der Arzt war sehr freundlich und erzählte mir so nebenbei, dass er seinen Kindern abends immer Geschichten vorliest.
Ich habe ein paar Kinderbücher geschrieben und immer ein paar Exemplare bei mir.
Ich öffnete meinen Koffer, suchte ein, meiner Meinung nach, passendes Buch heraus, und überreichte es ihm.
Der Arzt schaute mich erstaunt an, und freute sich über das Geschenk.
Sechs Tage nach der Operation betrat der Arzt wieder das Krankenzimmer.

Er schaute mich an und war mit meinem Gesundheitszustand offensichtlich zufrieden.

Auf meine Frage, ob seinen Kindern das Buch gefällt, antwortete er, dass die Kinder lieber Bilderbücher mögen. Er sagte, dass er das Buch seinen Kindern später einmal vorlesen wird.

Dann setzte der Arzt sich zu mir aufs Bett, legte seinen Arm um meine Schultern und fragte mich, ob er ein Foto von uns machen darf. Er sagte, dass seine Kinder die Märchentante sehen möchten.
Ich war verblüfft. Seine Umarmung war sehr angenehm und berührte mich tief. Ich spürte seine Nähe und ich fühlte mich ihm so nah. Es war, als würden wir schon immer zusammengehören. Kurz darauf verabschiedete er sich von mir und verließ das Zimmer.

Nach sieben Tagen wurde ich aus der Klinik entlassen. Die Operation war wieder nach der neuesten Methode erfolgt und gut verlaufen. Es ging mir den Umständen entsprechend gut, und ich wurde in die vorbestimmte Kurklinik gefahren.

Bevor ich die Herzklinik verließ, trug ich noch ein Kinderbuch, samt eingerahmten Titelbild, für den Arzt in das Schwesternzimmer.
Als ich zu der Schwester sagte, sie möchte doch bitte dem Arzt das Buch und das Bild überreichen, sagte sie zu mir, dass der Herr Doktor ein sehr lieber Arzt ist.

Februar 2016

Der Chirurg

Zwei Tage später bedankte der Arzt sich per Telefon für das Geschenk.

Und wieder berührte diese angenehme dunkle Stimme meine Seele. Von dem Tag an ging der Arzt mir nicht mehr aus dem Sinn.

Ich sah in Gedanken immer wieder seine wunderschönen Augen vor mir, und seine Stimme klang wie Musik in meinen Ohren.

Nun wartete ich jeden Tag auf ihn, und ich wünschte mir von ganzem Herzen, dass er mich einmal in der Kurklinik besuchen würde.

Aber er kam nicht und er rief auch nicht wieder an.

Darüber war ich unendlich traurig. Dazu kam auch noch, dass es mir von Tag zu Tag schlechter ging.

Ich habe das Personal immer wieder gebeten mir doch andere Medikamente zu geben, doch niemand hat auf meine Bitte reagiert.

Ich litt unter Ohnmachtsanfällen und hatte immer wieder Vorhofflimmern. Ich hätte sofort wieder zurück in die Klinik gemusst.

Aber der anwesende Arzt gab mir lediglich Schlaftabletten.

In den nächsten zwei Wochen konnte ich nur noch wenig essen und trinken. Ich war so schwach, dass ich das Bett nicht mehr verlassen konnte.

Nach drei Wochen Kuraufenthalt verließ ich am 25. Februar 2016 fluchtartig die Klinik.

Ich fuhr sofort zu meinem Hausarzt und der war entsetzt als er mich sah.
Er schaute auf den Medikamentenplan und rief sofort die Ärztin in der Kurklinik an.

Ich habe nicht gehört, was die Ärztin meinem Hausarzt gesagt hat, aber der Arzt hat sich nach dem Gespräch fürchterlich aufgeregt und mich beschimpft.
Er lehnte ganz energisch ab, mich weiter zu behandeln, und überwies mich sofort an meinen Kardiologen.

Auch der Kardiologe verhielt sich ebenso wie mein Hausarzt. Er schimpfte ebenfalls, dass ich mein Leben leichtsinnig aufs Spiel gesetzt habe. Ich hätte eine sehr wichtige Tablette nicht eingenommen.

Doch dies entsprach nicht den Tatsachen.
Eine Schwester hat mir die Tabletten in einem Körbchen auf den Tisch gestellt und mich gebeten, die Tabletten nach dem beiliegenden Medikamentenplan selber einzusortieren, und einzunehmen.

Ich habe mich genau an die Anweisungen gehalten und die Tabletten stets wie verlangt pünktlich und gewissenhaft eingenommen. Trotzdem habe ich das diensthabende Personal immer wieder gebeten mir doch bitte andere Tabletten zu geben.
Leider wurde ich nicht ernst genommen und es änderte sich absolut nichts.

Erst als ich zwei Tage vor Beendigung meiner Kur zufällig die Ärztin traf, hat sie den Medikamentenplan geändert.

Nachdem der Kardiologe sich wieder beruhigt hatte, verordnete er mir sofort andere Medikamente. Leider zu spät. Wie sich nach mehreren Monaten herausgestellt hat.
Aber, das ist eine lange Geschichte.

So eine Ungerechtigkeit wollte ich nicht auf mir sitzen lassen. Wenn jemand einen Fehler bei der Behandlung gemacht hat, so war es schäbig, mir, die bereits den Schaden davontrug, obendrein auch noch Fehlverhalten vorzuwerfen.

Weil die Ärzte mir erst gar nicht zugehört haben, setzte ich mich vor meinen Computer und schrieb allen einen Brief.

Auch der Arzt, der mich operiert hat, bekam einen langen Brief von mir und ich schrieb ihm, was ich in der Kurklinik erlebt habe. Und wie schlecht es mir geht.

Ein paar Tage später, nachdem ich den Brief abgeschickt hatte, erhielt ich eine E-Mail von dem Arzt.
Er schrieb mir, dass ich doch bitte zu einem Herzecho und einer genauen Blutuntersuchung in die Klinik kommen soll.

Juni 2016

In der Notaufnahme
Ich war glücklich. Endlich kümmerte sich jemand um mich. Mir fiel ein Stein vom Herzen. Es gab tatsächlich noch einen Arzt, der sich um seine Patientin kümmert.

Ich wollte mich in den kommenden Tagen mit der Sekretärin in Verbindung setzen und mir einen Untersuchungstermin geben lassen. Aber dazu kam es leider nicht mehr.

Einen Tag bevor ich anrufen wollte erlitt ich wieder einen Schwächeanfall und fuhr sofort in die Notaufnahme. Nach der ersten Untersuchung wurde ich auf die Kardiologische Station verlegt.
Ich wurde mehrere Tage untersucht und behandelt.

Die Ärzte wollten einen elektronischen Eingriff an mir vornehmen. Worum es damals ging, wusste ich nicht. Aber aus irgend einem Grund wurde die Behandlung kurzfristig wieder abgesagt.

Stattdessen wurde ich nach ein paar Tagen wieder aus der Klinik entlassen. In meinem Koffer befand sich aber noch ein Ölgemälde. Damit wollte ich meinem Arzt eine Freude bereiten. Aber der Arzt besuchte mich nicht.

Es blieb mir nichts anderes übrig, als das Bild seiner Sekretärin zu schicken und sie zu bitten es dem Arzt zu geben.

Das Bild stellt ein Korallenriff dar, auf dem viele kleine, bunte Fische und drei große graue Haie zu sehen sind.

Ich habe dabei an die Kinder des Arztes gedacht, auch sie sollten sich an dem Bild erfreuen und gleichzeitig Fische kennenlernen.

Meinem Arzt gefiel das Gemälde sehr gut, denn er schrieb mir in einer E-Mail, dass das Bild wunderschön ist und er bedankte sich sehr herzlich dafür.

Und ich war jedes Mal glücklich, wenn ich eine E-Mail von ihm auf dem Monitor sah.

Wie schön, dass er mich nicht vergessen hat, denn ich dachte immer noch an ihn. Er ging mir einfach nicht mehr aus dem Sinn.

An manchen Tagen war ich total unglücklich, weil er so weit entfernt von mir ist. Ich setzte meine drei großen Teddybären nebeneinander auf die Couch, fotografierte sie und schickte ihm das Foto per E-Mail.

Ich schrieb dazu, dass die Teddys mich trösten, wenn ich traurig bin.

Aber er antwortete nicht auf meine E-Mail.
Und das machte mich noch trauriger.

Juli 2016

Die Besprechung
Im Juli ließ mein Gesundheitszustand wieder zu wünschen übrig.

Ich schrieb dem Arzt erneut eine E-Mail und bat um seinen Rat. Daraufhin riet er mir erneut zu einem Herzecho und einer Blutuntersuchung in die Klinik zu kommen.
Seine Sekretärin nannte mir einen Termin und mein Ehemann fuhr mich in die Klinik.
Nach der Untersuchung sollten wir um 15:30 Uhr zu einer Besprechung bei dem Arzt vorstellig werden. Wir setzten uns in den Aufenthaltsraum und warteten auf den Arzt.

Plötzlich erschien er und rief, dass ich sehr gut aussehe. Ich war erstaunt über seine Äußerung, denn im Aufenthaltsraum hielten sich mehrere Patienten auf.
Der Arzt begrüßte uns und führte uns in sein Sprechzimmer. Er forderte uns auf: *„Bitte setzen Sie sich,"* und bot uns sofort ein Getränk an.

Wir unterhielten uns eine Weile. Dann schaute er sich das Untersuchungsergebnis an und erstellte handschriftlich einen neuen Medikamentenplan.
Seine Kinder haben Bücher von mir bekommen. Dem Arzt habe ich das Gemälde geschenkt. Und nun wollte ich auch seiner Ehefrau eine Freude bereiten. Ich überreichte ihm meine zwei Bücher. Ein Frauenroman mit dem Titel *„Taigablume."*

Der Arzt sah mich erstaunt an, und fragte, ob ich ihm beide Bücher schenken will.

Ich stimmte zu, und er bedankte sich. Bevor wir uns dann von ihm verabschiedeten, bat er noch um ein Foto von uns. Und er verlangte von mir mein schönstes Lächeln.
Außerdem wollte er wissen, wo wir wohnen. Er hatte sich bereits damit beschäftigt, denn er kannte bereits unseren Wohnort

Mein Ehemann informierte den Arzt dann über unseren genauen Ortsteil. Gleichzeitig sagte er zu dem Arzt: *„Herr Doktor meine Frau ist total von Ihnen angetan.“*

Seine Worte waren mir außerordentlich peinlich, was sollte das? Aber, warum interessierte der Arzt sich für unseren Wohnort. Wir verließen das Büro und der Arzt blieb noch kurz hinter mir stehen.

Dann sagte er: *„Was für eine schöne Frau.“* Seine Worte verwirrten mich. Wie konnte so ein junger und erfolgreicher Arzt mich schön finden. Ich bin doch schon so alt, und ich finde mich überhaupt nicht mehr schön.
Vor vielen Jahren, ja, da konnte ich mich sehen lassen. Aber jetzt bin ich doch nicht mehr schön.

Wenn ich morgens in den Spiegel schaue und die Falten in meinem Gesicht sehe, wünsche ich mir jetzt, dass ich wieder jung wäre.

Bisher habe ich mir über mein Alter keine Gedanken gemacht.
Und plötzlich möchte ich wieder gut aussehen.

Es ist aber auch zum verrückt werden. Wenn ich abnehme, bekomme ich Falten im Gesicht. Warum ausgerechnet dort.
Früher habe ich gelacht, wenn Frauen mit allen möglichen und unmöglichen Mitteln gegen ihr Alter angekämpft haben. Und jetzt kommen mir die gleichen verrückten Gedanken. Ich möchte schön sein, für ihn.

Als wir nach Hause zurück fuhren gingen mir die Worte des Arztes nicht mehr aus dem Sinn. Hatte er sich einen Scherz erlaubt, oder meinte er es ehrlich, als er sagte ich sei eine schöne Frau.
Ich konnte keinen klaren Gedanken mehr fassen und kam zu keinem Ergebnis. Am nächsten Morgen schaute ich mir den Medikamentenplan an und erkannte, dass ich seine Schrift nicht lesen kann.

Ich rief in der Klinik an und erhielt noch einmal einen Termin um 15:30 Uhr bei dem Arzt.

Also fuhren wir noch einmal in die Klinik. Während ich auf den Arzt gewartet habe, forderte eine Schwester mich auf, ins Sekretariat zu gehen.
Die Sekretärin überreichte mir den neuen Medikamentenplan und erklärte mir, dass der Arzt den Untersuchungsbericht vom Tag vorher noch unterschreiben muss.

Außerdem sagte sie, dass ich auf den Arzt nicht warten soll, sie wird mir den Bericht per Post zusenden.

Ich war enttäuscht und traurig zugleich, weil ich meinen Arzt nicht angetroffen habe.

Ich ging zurück in die Cafeteria und setzte mich zu meinem Ehemann.
Wir aßen noch ein Eis und wollten uns vor der Rückfahrt noch ein wenig entspannen.
In Gedanken versunken schaute ich noch einmal in die Cafeteria und traute meinen Augen nicht.
Da stand der Arzt am Tresen in der Cafeteria. Er schaute zu mir herüber, stellte sein Tablett zur Seite, lächelte und betrat die Terrasse.
Dort blieb er kurz stehen. Dann kam er zu uns.

Ich wollte ihn bitten an unseren Tisch Platz zu nehmen, aber mein Ehemann erklärte, dass der Arzt wohl ablehnen würde. Er sagte: „ *Er hat gewiss keine Zeit.*"

Der Arzt blieb vor unserem Tisch stehen, unterhielt sich kurz mit uns und verabschiedete sich bald darauf.
Er wünschte uns noch eine gute Heimfahrt und ging zurück in die Cafeteria.

Aber ich machte mir Vorwürfe. Es war mir peinlich, dass wir ihn nicht aufgefordert haben sich zu uns an den Tisch zu setzen.

Während der Heimfahrt sah ich in Gedanken immer nur sein Lächeln und seine schönen Augen vor mir.

Er hat sich gefreut, als er mich sah, dass war offensichtlich.
Aber, was hat das zu bedeuten?

Ich war überzeugt davon, dass er mich nur sympathisch findet. Oder, dass er sich freut, wenn er mich sieht, weil ich noch lebe.
Trotzdem war ich glücklich. Er hat mir zugelächelt.
Er ist an unseren Tisch gekommen und hat sich kurz mit uns unterhalten.

Wahrscheinlich war sein Dienst an dem Tag zu Ende.

Nachdem er die Cafeteria wieder verlassen hat, ist er gewiss zu seiner Familie gefahren und die Kinder werden sich gefreut haben, als der Papa die Wohnung betreten hat.

Dann hat er die Kinder eventuell ins Bett gebracht und ihnen aus meinem Märchenbuch etwas vorgelesen.

Ich überlegte, ob er wohl eine glückliche Ehe führt.

Aber das geht mich nichts an. Er ist nur mein Arzt und ich wäre sehr glücklich, wenn unsere wunderbare Freundschaft für immer bestehen bleibt.

August 2016

Ein Schwächeanfall
Anfang August erlitt ich erneut einen Schwächeanfall
und wir mussten sofort in die Klinik fahren.
Nach der Untersuchung wurde ich wieder für ein paar
Tage in der Klinik aufgenommen.

Wieder wurde ich gründlich untersucht. Aber trotz
aller Bemühungen der Ärzte wurde die Ursache meiner
Beschwerden auch diesmal nicht gefunden und mein
Gesundheitszustand besserte sich nicht.
Denn, einen Tag vor meiner Entlassung, erlitt ich wieder
einen Schwächeanfall.

Ich wartete auf meinen Arzt um ihm meine Beschwerden
zu beschreiben. Und als ich schon dachte, dass er nicht
mehr kommt, wurde die Tür geöffnet und er betrat das
Krankenzimmer.
Ich beschwerte mich bei ihm, dass es mir nicht besser
geht und schenkte ihm wieder ein kleines Kinderbuch.
Leider wurde er nach wenigen Minuten wieder per Funk
in den Operationssaal gerufen.

Nachdem der Arzt das Krankenzimmer verlassen hatte,
sagte meine Bettnachbarin zu mir, dass zwischen uns
mehr wäre als nur Freundschaft.
Ich schaute sie erstaunt an und schüttelte den Kopf.
Sie meinte, dass ich dem Arzt viel mehr bedeuten würde.
Das hätte sie in seinen Augen gesehen.

Ich widersprach und erklärte ihr, dass er verheiratet ist und zwei kleine Kinder hat. Und wir nur Freunde sind.

Trotzdem bestand sie weiter auf ihrer Äußerung und schaute mich skeptisch von der Seite an.

Ich sagte nichts mehr dazu. Aber ihre Worte gingen mir nicht mehr aus dem Kopf. Er hat gelächelt, als er das Krankenzimmer betrat. Auch ich habe gesehen, dass seine Augen gestrahlt haben. Aber, dass ist ja das Besondere an seinen Augen. Sie sind wunderschön.

Aber trotz aller Bemühungen der Ärzte hat mir der Klinikaufenthalt wieder nicht viel gebracht. Ich verstand die Welt nicht mehr und dachte: „ *Was ist bloß los mit mir? Ich bilde mir diese Schwächeanfälle doch nicht nur ein.*"

Ende August verließen meine Kräfte mich erneut.
Ich zitterte am ganzen Körper. Litt unter Sehstörungen und befürchtete jeden Augenblick ohnmächtig zu werden.
Mein Ehemann fuhr mich sofort zu unserem Hausarzt.
Der verordnete mir ein Langzeit-EKG. Dann beruhigte er mich und sagte: „*Wir werden zuerst einmal das Ergebnis des EKG abwarten.*"

Nach acht Tagen erkundigte ich mich nach dem Befund und der Arzt erklärte mir, dass ich mir keine Sorgen machen muss, denn mit meinem Herzen wäre alles in Ordnung.

Meine Werte glichen dem eines jungen Mädchens.
Als ich ein paar Tage später wieder einen Schwächeanfall erlitt und meinen Hausarzt erneut aufsuchen musste, schaute er sich das Ergebnis des EKG auf dem Monitor noch einmal genauer an.
Dabei stellte er entsetzt fest, dass nichts in Ordnung ist.
Er legte mir sofort einen Zugang und ich bekam eine Infusion.
Dann verlangte er, dass ich sofort in das nächste Krankenhaus fahren soll.

Aber damit war ich ganz und gar nicht einverstanden.
Ich bestand darauf in die Klinik zu fahren, in der ich operiert worden bin.
Äußerst widerwillig und verärgert schrieb mein Hausarzt daraufhin die Einweisung.

Und mein Ehemann fuhr mich wieder einmal in die Klinik.
Der Arzt in der Kardiologie verordnete mir unter anderem wieder eine Echokardiografie. Vor der Untersuchung erhielt ich eine kurze Narkose und spürte von der Untersuchung nichts.
Die Aufnahmen von meinem Herz zeigten keine Auffälligkeiten. Anscheinend konnten die Ärzte, genau wie ich, nicht erklären, woher meine Beschwerden kommen.
Auch die weiteren Behandlungen brachten keine Besserung.
Ich wartete sehnsüchtig auf meinen Arzt, aber er kam nicht. Wahrscheinlich musste er sich um andere Patienten kümmern.

Als er mich während eines darauf folgenden Klinikaufenthalts wieder besuchte, sagte er: *„Ich war eine Woche in Amerika.“*

Aber an dem Tag war ich traurig, und ich musste mich damit abfinden, dass er nicht kam.
Ich packte meinen Koffer und mein Ehemann holte mich ab.
Wie immer wartete viel Arbeit auf mich. Die Wohnung musste geputzt werden und die Tiere gefüttert. Im Garten stand das Unkraut und wollte entsorgt werden.
Ich stürzte mich an die Arbeit und vergaß wieder einmal, dass ich keine junge Frau mehr bin. Ich dachte, dass ich immer noch soviel arbeiten kann wie vor meiner Herzoperation.
Aber es wäre besser gewesen ich hätte mich ausgeruht und ein wenig erholt.

Ende August war mein Gesundheitszustand immer noch schlecht. Ich durfte mich nicht anstrengen, denn sofort folgten Herzstiche und Rückenschmerzen.

Früh am Morgen hatte ich einen zu niedrigen Blutdruck und erst nach dem Frühstück und einer Tasse Kaffee ging es mir wieder etwas besser.
So konnte es nicht weiter gehen. Es blieb mir nichts anderes übrig, als wieder einmal die Klinik aufzusuchen.

Ich packte meine Sachen in den Koffer und überlegte ob ich meinen Arzt benachrichtigen soll.

September 2016

Auf der Station
Mein Sohn jedoch zögerte nicht lange und schrieb ihm in einer E-Mail, dass es mir nicht gut geht und ich in die Klinik fahren muss.

In der Klinik wurde ich in einem Einzelzimmer untergebracht.
Ich war erstaunt über die bevorzugte Behandlung.
Und ich wurde noch gründlicher untersucht.

Nach acht Tagen sagte der Stationsarzt dann zu mir, dass ich am 22. September wieder in die Klinik kommen soll.
In der Zwischenzeit muss ich mich ausruhen und die Tabletten wirken lassen.

Und wieder wartete ich sehnsüchtig auf meinen Arzt.
Ich wollte ihm noch die letzten vier Kinderbücher schenken.
Aber, er kam nicht. Also trug ich die Bücher ins Sekretariat und bat die anwesende Schwester die Bücher an den Arzt weiterzuleiten.

Dann ging ich wieder zurück in mein Zimmer und packte meinen Koffer. Kurz darauf klopfte jemand an der Tür.
Es war mein Taxifahrer. Ich überreichte dem Taxifahrer meinen Koffer und wollte gerade das Zimmer verlassen.

In dem Augenblick klingelte das Telefon. Ich hatte ganz vergessen es abzumelden.

Und das war mein Glück, ich traute meinen Ohren nicht, denn es war mein Arzt!
Er sagte, er war im Urlaub und würde erst am Dienstag wieder zum Dienst in die Klinik kommen.

Er rief von außerhalb an. Denn während er mit mir telefonierte musste er das Gespräch kurz unterbrechen. Danach kam er wieder zurück ans Telefon und erklärte mir, dass er am Montag noch zu einem Termin nach Frankfurt fahren muss.

Also könnten wir uns leider nicht sehen. Er sagte noch, dass der Urlaub sehr schön war. Leider mussten wir das Gespräch beenden, denn mein Taxifahrer wurde bereits ungeduldig.
Ich war glücklich und traurig zugleich. Er hat mich nicht vergessen und nach seinem Urlaub sofort angerufen. Aber leider haben wir uns wieder nicht gesehen.

Als ich mir ein paar Tage später den Arztbericht anschaute, sah ich, dass ich auf seiner Privatstation untergebracht worden war. Ich lag in einem Einzelzimmer und die Behandlung war auch dementsprechend sehr gut.

Nun schaute ich mir den Arztbericht noch einmal genauer an und ich konnte nicht glauben, was dort geschrieben stand.

Im Arztbericht stand, dass sich in meinem linken Herzkammervorhof ein sehr großer Thrombus befindet. Und der Thrombus war der Grund für meine Beschwerden.

Endlich wusste ich, dass ich mir die Schwächeanfälle nicht nur eingebildet habe. Aber warum wurde der Thrombus nicht schon viel früher gefunden? Ich war doch schon so oft in der Klinik. Und wie geht es jetzt weiter?

Weiterhin stand geschrieben, dass, wenn keine Besserung eintreten würde, die Dosis der Tabletten erhöht werden muss. Sollte der Thrombus danach immer noch vorhanden sein, müsste erneut operiert werden.

Die Tage vergingen und mein Arzt ging mir nicht mehr aus dem Sinn. Außerdem wollte ich wissen, ob er wohl die Bücher erhalten hat.

Die Ungewissheit lies mir keine Ruhe. War bedankte er sich nicht für die Bücher. Gefielen ihm die Bücher etwa nicht?
Ich zögerte nicht länger und schrieb ich ihm eine E-Mail. Und er antwortete sofort auf mein Schreiben und erklärte mir, dass man die Bücher gut versteckt hat. Und er die Bücher erst erhalten hat, nachdem er verlangt hatte ihm die Bücher auszuhändigen.

Mit seinem Schreiben sandte er mir auch ein Urlaubsfoto auf dem seine Kinder abgebildet sind. Es ist ein sehr schönes Foto.
Sein kleines Töchterchen lächelt so schön und der große Bruder hat schützend seine Arme um seine kleine Schwester gelegt.

Zuerst fragte ich mich, was er mir damit wohl sagen will. Ist er nur stolz auf seine Kinder. Oder will er darauf hinweisen, dass er Kinder hat und ich für ihn ohne Bedeutung bin.

Aber weil mir das Foto so gut gefiel und ich ihm wieder eine Freude bereiten wollte, entschloss ich mich, dass Foto auf eine Leinwand zu übertragen. Denn so ein schönes Foto muss für die Ewigkeit erhalten bleiben.

Zuerst kamen mir Bedenken, ob ich es überhaupt schaffen würde, das kleine Foto mit Ölfarbe auf eine Leinwand zu übertragen.
Aber nachdem ich mit viel Liebe und Geduld das Gemälde fertig gemalt hatte, war ich mit dem Ergebnis zufrieden.

Am 22. September fuhr ich dann, zu dem vorgenannten Termin, wieder in die Klinik.

Und wieder wurde ich auf eine andere Station verlegt. Was leider ein Fehler war, denn ich sollte eigentlich wieder auf der Station, wo der Thrombus gefunden wurde vorstellig werden. Aber, dass war mir leider entgangen.

Und wieder wurden die üblichen Untersuchungen durchgeführt.
Unter anderem wieder die erforderliche Echokardiografie.
Im anschließenden Arztbericht stand dann auch geschrieben, dass in meinem Herzen eine Struktur vorhanden ist, die mit dem beschriebenen Thrombus identisch ist.

Die Stationsärztin verordnete mir daraufhin ein anderes Medikament. Zuerst protestierte ich, denn es war bereits mein siebter Medikamentenplan.

Ich rief den Arzt von der Station an, wo ich eigentlich wieder behandelt werden sollte und erst als der Arzt zustimmte, und mir riet, das Medikament einzunehmen, akzeptierte ich das neue Medikament. Und die junge Ärztin hat richtig gehandelt.

Die Umstellung auf das andere Medikament war goldrichtig. Der erste Blutverdünner hat den Thrombus nicht aufgelöst. Außerdem musste ich mit ansehen, wie mir die Haare ausfielen.

Einen Tag vor meiner Entlassung wurde die Tür geöffnet und mein Arzt betrat das Krankenzimmer. Ich rief freudig überrascht: *„Jetzt geht die Sonne auf, mein Lieblingsarzt besucht mich!"* Der Arzt lächelte wie immer und begrüßte mich. Ich sagte zu ihm, dass ich nicht mehr damit gerechnet habe, dass er noch einmal zu mir kommt.
Ich dachte, dass er unsere Freundschaft beendet hätte.

Bevor er ging bat ich ihn noch um ein Foto. Und wieder lächelte er und erfüllte mir meinen Wunsch. Dann überreichte ich ihm wieder ein kleines Bilderbuch und das passende Bild dazu, für seine Kinder.

Dann wollte ich noch wissen, ob seine Ehefrau die Bücher schon gelesen hat und ob sie ihr gefallen haben.

Mein Arzt schüttelte den Kopf und sagte, dass seine Frau im Augenblick sehr traurig ist, denn sie sei wieder schwanger und möchte zur Zeit nicht lesen. Sie möchte kein drittes Kind mehr zur Welt bringen. Sie würde lieber studieren.

Leider wurde er wieder nach wenigen Minuten per Funk in den Operationssaal gerufen. Und wieder war es nur ein kurzer Besuch. Trotzdem war ich glücklich, dass er mich wieder besucht hat.

Er hat mich nicht vergessen. Und erneut stellte ich mir die Frage, was ich ihm bedeute. Ich hoffte, dass er noch einmal kommen würde und wir uns voneinander verabschieden können. Aber er kam nicht.
Weil ich darüber so traurig war, hat der Pfleger mich in die Arme genommen und mich getröstet.

Zuhause angekommen grübelte ich tagelang, denn ich musste immer wieder an den Arzt denken, es gelang mir einfach nicht ihn zu vergessen. Noch nie habe ich mich so sehr nach einem Mann gesehnt.

November 2016

Wieder in der Klinik
Ich wünschte mir, dass er mich in seine Arme nehmen und mich nie wieder loslassen würde.

Ich fotografierte meine Balkonblumen und schickte ihm per E-Mail, liebe Grüße, und ein paar Fotos von den Blumen.
Und er schrieb mir sofort, per E-Mail, dass ich zwischen so vielen, schönen Blumen gewiss bald gesund werden würde.

Aber auch die schönsten Blumen halfen mir nicht gesund zu werden.
Im November musste ich erneut in die Klinik fahren.

Und wieder wurden alle notwendigen Untersuchungen durchgeführt. Unter anderem auch wieder eine Echokardiografie.
Vor der Untersuchung erklärte ich dem Arzt, worauf er besonders achten möchte.
Nach der Untersuchung sagte der Arzt dann zu mir, dass im Vorhof meines Herzens kein Thrombus mehr vorhanden ist.

Ich war erleichtert und verunsichert zugleich. Sollte es möglich sein, dass so ein großer Bluterguss sich in so kurzer Zeit aufgelöst hat.

Ein halbes Jahr hat der Blutverdünner nicht gewirkt. Und nun soll der neue Blutverdünner den Thrombus in ein paar Wochen aufgelöst haben?

Als mein Arzt zu mir kam, informierte ich ihn sofort über die Diagnose, und dass ich nicht glauben kann, dass der Thrombus sich aufgelöst hat.

Mein Arzt schaute mich an und versuchte, durch gutes Zureden, meine Zweifel zu beseitigen. Aber wieder blieb gerade noch soviel Zeit, meinen Koffer zu öffnen und ihm die restlichen Bücher mit den dazugehörigen Bildern zu überreichen.

Leider hatte ich nicht mehr genügend Rahmen zur Verfügung, so dass er die letzten Titelbilder irgendwann einmal selber einrahmen muss.

Wie immer dauerte sein Besuch nur wenige Minuten. Trotzdem habe ich mich immer gefreut, wenn er zu mir kam und sich nach meinem Befinden erkundigte.

Zuhause schaute ich mir immer wieder sein Foto an. Denn ich musste immer wieder an ihn denken. Und ich befürchtete, dass ich ihn nicht mehr sehen kann, wenn ich das Foto einmal aus Versehen löschen würde.

Also entschloss ich mich sein Foto ebenfalls, so wie das Foto seiner Kinder, auf Leinwand zu übertragen. Aber das Foto war sehr klein.

Dezember 2016

Das Porträt
Ich suchte den passenden Keilrahmen aus und begann zu malen.
Aber ich musste mich anstrengen, denn es war gar nicht so einfach, so ein kleines Foto auf eine Leinwand zu übertragen.
Ich malte ein Porträt nach dem anderen. Aber keines war mir gut genug.

Und es dauerte eine Weile bis ich mit einem Porträt einigermaßen zufrieden war.
Kurz vor Weihnachten schickte ich ihm eine E-Mail und

wünschte ihm und seiner Familie „*Frohe Weihnachten.*"

Ich fotografierte sein Porträt und fügte es als Anhang an die E-Mail bei.
Zu meiner Freude schrieb er sofort zurück, und erklärte, dass er sich über das Porträt sehr freuen würde, da ihm noch niemand so etwas schönes geschenkt hat.

Eigentlich wollte ich ihm das Gemälde auch zu Weihnachten schicken, aber ich konnte mich nicht von dem Porträt trennen.
Jeden Morgen gehe ich zuerst zu seinem Bild und bewundere seine schönen Augen.
Es zerreißt mir noch das Herz und ich kämpfe immer wieder mit den Tränen.

Januar 2017

Die Kontrolluntersuchung
Und immer wieder frage ich, wie es weitergehen soll,
denn es vergeht keine Stunde in der ich nicht an ihn
denke.

Manchmal erscheint er mir im Traum. Aber, wie in der
Wirklichkeit ist er immer nur wenige Minuten bei mir.

Im Januar sollte ich erneut zu einer Kontrolluntersuchung
in die Klinik kommen.
Und wieder fragte ich ihn um Rat. Wann ich, zwecks der
fälligen Untersuchung, zu ihm kommen kann.

Er antwortete sofort. Allerdings schrieb er, dass er erst
wieder Ende März Zeit hat, da seine Ehefrau im Februar
ihr Baby bekommt.

Ich schrieb zurück, dass ich dann so lange warten werde.
Denn ich wollte ihn nach so langer Zeit unbedingt wiedersehen.

Also verschob ich den Untersuchungstermin und wartete
geduldig auf eine Benachrichtigung von ihm.

Ende Februar schickte er mir dann eine E-Mail mit einem
Foto, auf dem sein kleiner Sohn abgebildet ist.

Februar 2017

Der kleine Sohn
Und der kleine Sohn ist wunderschön. Aber an seinem kleinen Gesicht erkennt man, dass er mit der neuen Umgebung noch nicht so recht zufrieden ist.

Ich habe meinen Arzt bei seinem letzten Besuch gefragt, ob er lieber einen kleinen Sohn oder eine kleine Tochter bekommen möchte. Darauf sagte er, dass es ihm egal ist, ob es ein Junge oder ein Mädchen wird. Er nimmt was er bekommt. Und er bekam einen sehr schönen kleinen Sohn.

Ich schaue mir das Foto von seinem Baby immer wieder an und wünsche, dass es mir gehören würde.

Ich beglückwünschte ihn und schrieb, dass seine Ehefrau doch jetzt sehr glücklich sein muss, dass sie noch einmal so ein wunderschönes Kind bekommen hat.

Weiterhin schrieb ich ihm, dass die Kinder jetzt an erster Stelle kommen müssen, und dass seine Frau später, wenn die Kinder größer sind, immer noch studieren kann.

Und wieder überlegte ich, ob ich den kleinen Sohn malen soll. Aber das erschien mir dann doch zu familiär.

März 2017

Der Kuss
Gleichzeitig grübelte ich, ob er mir das Foto geschickt hat, weil ich es malen soll. Möchte er das Gemälde für immer vor Augen haben. Also, wenn er darauf bestehen würde, dass ich das Foto auf eine Leinwand übertrage, dann würde ich es tun.
Ich schrieb ihm nur, dass es schade wäre, wenn das Foto eines Tages gelöscht werden würde.

Und wieder sagte ich zu mir: *„Was denkst du dir eigentlich? Was willst du von dem Mann? Für dich ist kein Platz an seiner Seite vorhanden."*

Und was will er mir mit dem Foto sagen. Ist er stolz auf seinen schönen kleinen Sohn. Will er mir damit sagen: *„Das ist meine Familie. Mein Sohn. Hier ist kein Platz für dich vorhanden."*
Anfang März fragte ich ihn in einer kurzen E-Mail, wann ich nun zur Untersuchung in die Klinik kommen kann. Er schrieb zurück, dass er leider keinen stationären Aufenthalt für die Untersuchung bekommen hat, weil die Untersuchung immer nur ambulant durchgeführt wird.

Aber damit war ich nicht einverstanden.
Erstens ist da die weite Fahrt bis zur Klinik.
Nach dem Einparken und dem Gang bis zur Anmeldung erfolgt die Wartezeit von ca. zwanzig Minuten.

Anschließend die nächste Anmeldung mit der Blutentnahme. Und wieder eine Wartezeit vor dem Herzecho.

Danach wieder eine Wartezeit vor dem nächsten Behandlungsraum. Endlich die Narkose und die Untersuchung mit der notwendigen Aufwachzeit.
Anschließend wieder die weite Rückfahrt. Das alles würde, für mich, zu einer zu großen Belastung werden.
Ich rief eine mir bekannte Sekretärin an und erhielt einen zweitägigen stationären Aufenthalt in der Klinik.

Also benachrichtigte ich meinen Arzt und er schrieb sofort zurück. *„Super, aber leider bin ich erst einen Tag später wieder in der Klinik.“* Trotzdem fuhr ich in die Klinik in der Hoffnung ihn dort anzutreffen.

Und wie schon so oft wurde ich wieder auf eine andere Station untergebracht. Am ersten Tag wurden die üblichen Voruntersuchungen durchgeführt und der Oberarzt fragte mich, ob während der Behandlung Studenten anwesend sein dürfen. Ich stimmte zu und bat den Arzt darauf zu achten, ob der Thrombus noch vorhanden ist.
Dann erfolgte die nächste Echokardiografie. Am Tag meiner Entlassung erklärte der Oberarzt dann, dass keine Thromben in meinem Herz mehr vorhanden sind.
Was ich allerdings bis heute bezweifle. Aber warum Thromben? Davon war nie die Rede.
Außerdem hat sich mein Gesundheitszustand wieder nicht gebessert.

Am Abend vor meiner Entlassung bat ich den Pfleger noch meinem Arzt eine E-Mail zu schicken. Er möchte doch bitte das Gemälde seiner Kinder abholen.

Am nächsten Morgen packte ich meinen Koffer und ging noch einmal ins Bad. Plötzlich hörte ich seine Stimme. Diese dunkle angenehme Stimme würde ich unter tausenden von Stimmen heraushören.

Ich weiß nicht, was in diesem Augenblick mit mir geschah. Ich öffnete die Tür und da stand er vor mir. Wie unter Zwang schlang ich meine Arme um ihn und küsste seinen Hals.

Der Arzt sah mich erstaunt an und stellte mir, nachdem ich mich wieder von ihm abgewandt hatte, seinen Kollegen vor. Den zweiten Arzt hatte ich gar nicht wahrgenommen.
Ich holte das Gemälde aus dem Schrank und überreichte es meinem Arzt. Er nahm das Bild in Empfang und staunte über die Größe des Bildes.
Nun wollte ich doch auch wissen ob ihm das Gemälde auch gefällt.
Also forderte ich ihn auf, das Bild doch bitte auszupacken. Er zögerte und sagte: *„Aber, wie soll ich das Bild dann transportieren?"*
Doch dann versuchte er ganz behutsam das Papier zu entfernen. Im Gegensatz zu ihm zögerte der neben ihm stehende Arzt nicht lange und riss das Papier entzwei.

Mein Arzt erklärte seinem Kollegen, dass es sich auf dem Gemälde um seine Kinder handelt.

In dem Augenblick ertönte das Funkgerät. Und wieder umarmte ich ihn, wie unter Zwang, und küsste noch einmal seinen Hals.
Der Kuss war so innig, dass ich noch ein paar Tage seine Haut auf meinen Lippen gespürt habe.

Bevor er das Zimmer verließ, bat ich ihn noch doch bitte einmal ohne das Funkgerät zu mir zu kommen. Damit wir uns ein wenig länger unterhalten können.
Später wurde mir klar, dass ich im Nachthemd vor den beiden Ärzten gestanden bin. Aber, er ist wieder zu mir gekommen und ich war glücklich, aber auch skeptisch.
War er wieder nur gekommen um das Gemälde abzuholen? Oder wollte er mich auch wiedersehen? Die Frage stelle ich mir immer wieder.
Was verlange ich auch von ihm? Er ist ein junger erfolgreicher Arzt.
Er ist verheiratet, und er hat drei wunderschöne Kinder und eine junge Frau. Was will ich von ihm? Aber warum kommt er immer wieder zu mir und besucht mich, wenn ich in der Klinik bin. Der Mann gibt mir Rätsel auf.

Ob er wohl alle seine Patienten so liebevoll betreut. Oder war ich doch seine erste Patientin mit einer Herzoperation? Was ich mir eigentlich nicht vorstellen kann. Will er immer nur sehen wie es mir geht?

Bin ich ihm sympathisch? Oder empfindet er mehr für mich? Aber, dass halte ich für unmöglich. Ich bin doch viel zu alt für ihn.

Zuhause angekommen machte ich mir heftige Vorwürfe. Wie konnte ich ihn nur so stürmisch umarmen. Wie hat er sich wohl seinem Kollegen gegenüber gefüllt.

Ich schrieb ihm eine E-Mail und entschuldigte mich darin bei ihm mit den Worten, dass mir so etwas noch nie passiert ist. Ich kann mir das Geschehene nur damit erklären, weil ich ihn so gern habe.
Und dieses Gefühl quält mich Tag und Nacht.

Wahrscheinlich will Gott mich bestrafen. Habe ich jemals darüber nachgedacht, wenn ich einem jungen Mann, dem ich versprochen habe, ihn wiederzusehen, versetzt habe. Und es waren einige junge Männer die mich dann traurig angeschaut haben. Aber ich wollte frei und unabhängig bleiben.
Außerdem war ich noch viel zu jung um eine feste Bindung einzugehen. Eigentlich wollte ich niemals heiraten.

Bis eines Tages der Mann kam, der nicht mit sich spielen ließ. Ehe ich mich versah, war ich verheiratet.
Und der Ernst des Lebens begann.

Aber so ist das Leben. Alles ist von Gott gewollt. Jedem wird sein Schicksal in die Wiege gelegt. Und alles kommt so, wie es vorgeschrieben ist.

Aber ich kann mich nicht beklagen. Mein Leben war zwar nicht immer leicht, aber, dafür auch sehr interessant.

Mein Ehemann war ein guter Fußballspieler und in unseren ersten Ehejahren mit seinem Fußballverein viel unterwegs. Ich hasste das alles. Denn ich war oft allein. Darum überlegte ich damals, ob es nicht besser wäre, wenn wir uns trennen würden.

Aber da waren die zwei kleinen Kinder. Sollten sie ohne ihren Vater groß werden. Doch dann änderte sich alles. Mein Ehemann musste das Fußballspielen wegen einer Verletzung aufgeben.
Viele Jahre später interessierte ich mich dann auch für das Fußballspielen. Der Anlass für mein plötzliches Interesse am Fußball war ein junger Fußballspieler. Er gefiel mir.
Auch heute schaue ich mir immer noch gern ein gutes Fußballspiel an.
Aber das Spielen liegt meinem Ehemann im Blut. Nachdem er das Fußballspielen wegen der Verletzung aufgeben musste, entdeckte er das Trabrennen.
Zuerst fuhr er selbstverständlich allein zu den Rennen.
Bis es mir zu viel wurde. Ich protestierte und fuhr einfach mit zur Trabrennbahn.

Eigentlich war ich gegen jedes Glücksspiel. Denn mein Ehemann setzte auf Pferde-Wetten. Aber irgendwie hatte er ein Gespühr dafür, welches Pferd das Rennen eventuell gewinnen würde. Und er gewann oft große Geldbeträge.

Mein Ehemann behielt das Geld nicht für sich. Er war immer sehr großzügig. Nicht nur ich wurde von ihm beschenkt, auch meine Eltern und Geschwister wurden von ihm immer großzügig bedacht.
Und auf den Rennbahnen hielten sich immer interessante Menschen auf. Wir lernten viele Prominente kennen.
Ein paar waren später Gäste in unserem Restaurant.

Fußballspieler. Russische Boxer. Ein holländische Sänger und ein französischer Schauspieler, der wie selbstverständlich mit einem Hubschrauber zur Rennbahn geflogen kam. Natürlich gewann sein Pferd den *„Großen Preis von Gelsenkirchen."* Es war eine schöne und interessante Zeit.

Außerdem hatte ich viele Verehrer auf den Rennbahnen. Sie standen oft an unserem Tisch und schauten mich interessiert an. Einer von ihnen gefiel mir sogar eine Weile, aber er war verheiratet und kam für mich nicht infrage.
Doch plötzlich änderte sich wieder alles. Mein Ehemann verlor das Interesse an Pferde-Wetten. Es wurde immer mehr betrogen bei den Wetten und gewisse Cliquen setzten hohe Summen auf Pferde, die eigentlich nicht gewinnen konnten. Und die Fahrer wurden bestochen oder bedroht.
Plötzlich interessierte mein Ehemann sich für das Spiel-Casino. Und wieder wollte er allein dort hinfahren.
Wieder musste ich mich durchsetzen und fuhr einfach mit. Und wieder war es eine neue aufregende Zeit.

Auch dort lernten wir viele Menschen kennen und sahen wie manche Spieler Unsummen verspielten.
Wir haben uns oft gefragt, woher diese Spieler das Geld nehmen. Doch dann stand es in allen Zeitungen.

Dass einer der Spieler, der immer mit Jetons im Wert von fünfhundert Mark gespielt hat, sich aus der Rentenkasse der Bundesversicherungsanstalt bedient hat.

Genau wie ein Bauunternehmer der viele kleine Handwerker um ihr Geld betrogen hat. Es gab gute Tage an denen wir gewonnen haben. Aber es gab auch schlechte Tage, an denen wir verloren haben.

Wir haben einem Spieler zugeschaut, der in fünf Tagen eine Million Mark gewonnen hat. Aber, wenn jemand viel Geld gewonnen hatte, musste er vorsichtig sein. Denn ein Gewinner wurde auf dem Parkplatz, vor seinem Auto überfallen und umgebracht.

Mit der Zeit kannten wir alle Spielcasinos und selbst im Urlaub legten wir Wert darauf, dass ein Spielcasino vorhanden ist.

Auch sonst war unser Eheleben nicht langweilig. Wir sind viel gereist. Jedes Jahr verbrachten wir unseren Winterurlaub auf den Kanarischen Inseln. Wir haben in Italien, in der Türkei, in Griechenland auf Mallorca in Spanien und ganz Deutschland unseren Urlaub verbracht.

In Rimini waren wir mit einer Reisegruppe. Dort hatte ich einen besonders anhänglichen Verehrer.

Er hat mich ein halbes Jahr lang immer wieder angerufen. Aber immer, wenn ich den Hörer abgenommen habe, hat er den Hörer schnell wieder aufgelegt.

Erst als wir nach Baden-Württemberg gezogen sind ließen die Anrufe allmählich nach.

Mein Ehemann war Transportunternehmer. Als er wegen gesundheitlicher Beschwerden sein Unternehmen aufgeben musste, pachtete wir nacheinander zwei Restaurants.

Ich war zu der Zeit in einem großen Unternehmen als Stenotypistin tätig. Und es gefiel mir gar nicht, dass ich meine gute Anstellung aufgeben sollte.
Ein guter Koch war nicht zu finden. Und die sich als gute Köche ausgegeben haben, wollten viel verdienen, wenig arbeiten und konnten nicht kochen.
Also musste ich die Küche übernehmen. Das hieß täglich bis Mitternacht und bis zur Erschöpfung arbeiten.

Das erste Restaurant verfügte über zwei große Säle, zwei Kegelbahnen und einen Gastraum. Wenn ich mit der Küchenarbeit fertig war, stand ich neben meinem Ehemann hinter der Theke. An manchen Tagen ging es ruhig und angenehm zu. Wir hatten nette und unangenehme Gäste.

Es kam allerdings auch immer wieder vor, dass sich junge

Männer im angetrunkenen Zustand schlagen wollten und ich mich einmischen musste. Oft standen wir bis weit nach Mitternacht hinter der Theke. Und wir wurden von unseren Stammgästen oft aufgefordert mit ihnen zu trinken.

Aber nicht unsere Stammgäste waren das größere Übel. Die Kegelvereine wurden immer unerträglicher.

Nach dreieinhalb Jahren weigerte ich mich, den Betrieb weiterzuführen. Das war meinem Ehemann gar nicht recht. Aber ohne mich ging gar nichts.
Wir kündigten den Pachtvertrag und zogen uns ins Privatleben zurück.

Nur für ein Dasein als Rentner waren wir noch zu jung. Nach sechs Monaten übernahmen wir ein kleines Restaurant ländlich gelegen. Wir hofften, es ohne Personal bewirtschaften zu können. Was sich aber bald als ein Irrtum herausstellte.
Es dauerte nur wenige Wochen, da kamen so viele Gäste zu uns, dass wir die Arbeit nicht mehr allein bewältigen konnten. Letztendlich mussten wir vier Kellner, vier Küchenhilfen und eine Putzfrau beschäftigen.
Im Sommer mussten wir außerdem noch die Gäste auf der großen Gartenterrasse bedienen.
Nach sechseinhalb Jahren Gastronomie war ich am Ende meiner Kräfte. Mein Herz streikte. Und die erste Herzoperation wurde fällig.

Ich fuhr in die Klinik und bekam eine neue Herzklappe. Nach der Operation ging es mir wieder gut. Wir packten unsere sieben Sachen und verließen das Ruhrgebiet.

Wir zogen nach Baden- Württemberg.

Denn unsere drei Söhne hielten sich berufsbedingt bereits dort auf.

Weil mir mein Leben ohne Arbeit zu langweilig wurde, begann ich Bilder zu malen und Bücher zu schreiben. Nebenbei ließen wir es uns gutgehen. Wir gingen viel spazieren und schauten uns den schönen Schwarzwald an.
Unser jüngster Sohn zeigte uns alle Sehenswürdigkeiten.

Später wurde er nach München versetzt. Und wenn wir ihn dort besuchten, fuhr er mit uns durch Bayern und Österreich. Und wir schauten uns die schönsten Gegenden an.
Kurz darauf verließen mich jedoch erneut meine Kräfte. Die Herzklappe funktionierte wieder einmal nicht mehr. Und eine erneute Herzoperation stand mir bevor.

Weil ich mit meiner ersten Herzoperation sehr zufrieden war, bestand ich darauf, mich wieder in der gleichen Klinik operieren zu lassen. So geschah es dann auch.

Und dort traf ich dann, im hohen Alter, auf einen Mann, nach dem ich mich mein Leben lang gesehnt habe.

Aber, was weiß ich schon von ihm? Ich kenne ihn doch gar nicht. Was hat er für einen Charakter? Was drängt ihn, mich immer wieder zu besuchen?

Er sagte mal zu mir, er bewundere mich, weil ich eine sehr kreative Frau bin.

Und ich muss ihm Recht geben. Denn ich wollte schon als Kind immer alles gestalten und verschönern.
Und fleißig war ich auch. Tannenzapfen, Holz, Pilze, Koks und Beeren alles musste gesammelt werden und der Familie zu Gute kommen.

Der Krieg war zu Ende, aber wir waren arm und litten unter Hunger und Kinderkrankheiten.
Später habe ich mich auch weiterhin um meine Eltern und die Familien meiner Brüder gekümmert. Aber das ist lange her.

Jetzt stehe ich vor dem Problem, dass mir ein junger Arzt Komplimente macht, die mir gut tun und mich glücklich machen. Sogar für meine Bilder und Bücher interessiert er sich.
Ich habe ihn einmal gefragt, ob ich ihm noch ein Buch schenken darf. Darauf antwortete er mir: *„Bilder und Bücher gehen immer.“*

In den darauffolgenden Monaten habe ich ihm alle meine selbstverfassten Bücher geschenkt. Und er hat sich immer darüber gefreut.

Weiterhin habe ich ihm einige Gemälde per E-Mail geschickt und ihn eingeladen, uns mit seiner Familie zu
besuchen und einige Bilder aus meiner Sammlung auszu-
wählen.
Die Geschmäcker sind verschieden und nicht jedes Gemälde passt in jede Wohnung.

Bei einem seiner Besuche fragte ich ihn, ob ihm die
fotografierten Gemälde gefallen, die ich ihm geschickt
habe. Aber er konnte mir darauf leider nicht mehr antworten, denn er wurde angerufen und musste sich sofort
verabschieden. Ich hätte mich noch so gern mit ihm unterhalten, denn es ist immer so schön in seiner Nähe.
Aber er hat eine schöne junge Frau und kleine Kinder.
Also eine schöne kleine Familie. Da hat er doch keine Zeit
für mich. Außerdem würde ich niemals so einer Familie
Schaden zufügen wollen.

Aber, was soll ich nur machen? Mir das Herz aus dem
Leib reißen?
Also schrieb ich ihm erneut eine E-Mail und fragte ihn,
was er mir während der Operation, von sich, in mein
Herz getan hat, weil ich immer an ihn denken muss.
Aber darauf erhielt ich keine Antwort von ihm.

Warum schreibt er mir nicht einfach, warum er mich immer wieder besucht und was ich ihm bedeute. Die Ungewissheit zermürbt mich.
Eine junge Ärztin in der Klinik hat mich gefragt, ob mir
etwas auf dem Herzen liegt. Ist es möglich, dass Ärzte

das Seelenleben ihrer Patienten durchschauen können?
Verursacht die Seele, wenn ein Mensch unglücklich ist
sogar Herzbeschwerden?

Es gibt ja auch Menschen, die aus lauter Liebeskummer
sterben, oder sich das Leben nehmen.
Früher hätte ich darüber nur gelacht. Aber heute verstehe ich diese armen Menschen. Sie wollen ihrem geliebten
Menschen, ob Frau oder Mann, für immer nahe sein.
Auch nach dem Tod.
Auch ich denke hin und wieder darüber nach, was nach
dem Tod aus der Seele wird. Kommt die Seele ins Para-
dies, wie die Kirche uns immer wieder verspricht.

Dreimal war ich dem Tod schon sehr nahe und ich habe
dabei eigenartige Dinge erlebt. Jedes Mal befand ich
mich in einer anderen Welt. Und nur mit meiner starken
Willenskraft habe ich ins Erdenleben zurückgefunden.

Aber nun habe ich, was ich doch hoffe, noch ein paar
Jahre vor mir. Die Operation soll doch, trotz meiner an-
dauernden Beschwerden, nicht vergebens gewesen sein.

Doch wie sieht meine Zukunft aus? Was wird aus mir?
Lohnt es sich noch weiter zu leben?
Mit dieser Sehnsucht im Herzen. Immer wieder frage ich
mich, warum ich diesen Mann nicht vergessen kann.

Aber dann wünsche ich mir auch, dass es schön wäre,
wenn wir für immer Freunde sein können.

Wenn wir uns ab und zu mal treffen würden, und gemeinsam ein paar schöne Stunden verbringen.

Das er mir berichtet, wie es seiner Familie geht, was die Kinder machen, und dass er sich bei mir über seine anstrengende, verantwortungsvolle Arbeit das Herz ausschüttet.

Ich habe ihm auch geraten, dass er die Kinder, jetzt wo sie noch klein sind, gut erziehen soll. Sonst hätte er später einmal keine Freude an seinen Kindern.

Außerdem brauchen Kinder viel Bewegung in einer grünen Umgebung. Er schaute mich daraufhin an und gab mir recht. Das Gleiche hätte ihm seine Frau auch schon gesagt.

Er meinte auch, dass die Wohnung mit drei Kindern schon ein wenig zu eng geworden ist.

Ein paar Tage nach meinem Klinikaufenthalt schrieb er mir dann per E-Mail, dass er sich die Aufnahmen, von meiner letzten Herzuntersuchung, noch einmal angeschaut hat und alles sehr gut aussieht.

Das die Herzklappe gut funktioniert. Dann schlug er mir vor, dass ich vorsichtshalber noch eine Magenspiegelung machen lassen soll.
Danach könnten wir weitersehen, was noch zu tun sei.

Mai 2017

Die Untersuchung
Aber nur für eine Magenspiegelung bekommt man in der Klinik keine stationäre Aufnahme.
Ich besuchte meinen Hausarzt und der schrieb mir eine Einweisung für die Klinik. Ich erklärte ihm, dass ich noch ein paar zusätzliche Untersuchungen machen lassen möchte.
Mein Hausarzt überweist mich nur ungern in die von mir gewünschte Klinik. Er verlangt immer von mir, dass ich die Krankenhäuser in der näheren Umgebung aufsuchen soll. Leider habe ich da ein paar schlechte Erfahrungen gemacht und es kostet mich immer wieder enorme Überredungskünste ehe mein Hausarzt zustimmt.

Ich möchte nicht von Arzt zu Arzt fahren. Es kostet immer viel Zeit und meistens interessieren die Ärzte sich nicht für durchlaufende Patienten.

In meiner Klinik werde ich immer gut aufgenommen und behandelt und meine größte Freude ist immer, wenn mein Lieblingsarzt mich besucht und betreut.

Schließlich willigte mein Hausarzt ein und ich erhielt die erwünschte Einweisung.
Nun musste ich mir nur noch einen Aufnahmetermin geben lassen. Dann suchte ich die Klinik auf und erduldete die weiteren Untersuchungen.

Und endlich kam mein Arzt wieder und besuchte mich.
Er hatte gerade zwei schwere Operation durchgeführt
und sah erschöpft aus.
Ich bat ihn, sich doch zu setzen und holte ein kleines Gemälde aus dem Schrank.

Ein Gemälde mit einer Vase und mit bunten Rosen. Ich
weiß nicht ob es ihm gefällt. Er hat sich nicht dazu ge-
äußert. Aber er blieb diesmal eine Weile bei mir.

Auch das Funkgerät blieb stumm. Ich schaute ihn an und
sagte zu ihm, dass ich so eine Frisur, wie er sie zur Zeit
trägt, früher nicht leiden konnte. Aber jetzt wo er sie
trägt, mag ich sie.

Er sah mich erstaunt an und fragte dann, ob ich ihm ein
Kompliment machen würde? Dummerweise antwortete
ich nicht auf seine Frage. Es ist immer wieder mein Problem. Im richtigen Augenblick versage ich.

Warum kann ich auf solche Fragen nicht richtig antworten? Und wieder blieb ich stumm, als er sagte, er würde
gern in den Urlaub fahren.
Auch darauf habe ich nicht geantwortet. Wollte er mit mir
in den Urlaub fahren? Sollte es eine Einladung sein?

Aber das glaube ich nicht. Und wie immer, wenn ich einem geliebten Menschen gegenüber stehe, versage ich.
Ich kann nicht richtig antworten, oder ich sage immer
das falsche.

So erging es mir auch, als ich in Hamburg an der Sendung die Küchenschlacht teilgenommen habe. Mir war damals der Koch so sympathisch. Also habe ich mich für die Sendung beworben. Ich wurde auch eingeladen und bin nach Hamburg geflogen.

Schon während der Fahrt war ich furchtbar aufgeregt.

Als ich später im Studio vor all den vielen Menschen neben dem Koch stand, war ich trotz ein paar Gläsern Sekt völlig daneben.
Der Fernsehkoch kam dazu auch noch direkt zuerst zu mir.
Und wie schon so oft bekam ich kaum ein vernünftiges Wort heraus. Trotzdem hat er mich gelobt, ich hätte sehr gut gekocht. Und zum Abschied hat er mich auch noch geküsst. Vielleicht war ich ihm ebenfalls sympathisch.

Es war ein umwerfendes Erlebnis. Das ganze Fernsehteam und die Fotografen waren so herzlich und liebenswürdig, dass mir die Teilnahme an der Küchenschlacht für immer in schöner Erinnerung bleiben wird.

Nebenbei habe ich einem Fernsehkoch noch einen kleinen Denkzettel verpasst. Er hatte während der Sendungen seinen Kollegen immer wieder geneckt.

Er sagte immer wieder: „*Wenn sie gemeinsam am Altersheim vorbeifahren, würden die alten Damen immer ihre Stützstrümpfe für seinen Kollegen aus den Fenstern werfen.*"

Das fand ich makaber.
Also drückte ich dem Koch, vor den Kameras, während der Sendung, eine Stützstrumpfhose in die Hand.

Zuerst dachte der Koch, es wäre eine Mütze. Aber als er sie dann hochhielt und eine Stützstrumpfhose zum Vorschein kam, lachte das Publikum und er wurde sehr verlegen.
Er lief rot an und legte das Teil schnell zur Seite. Von dem Tag an hat er, in den folgenden Sendungen, nie wieder das Wort Stützstrumpfhose erwähnt.

Ein paar Fernsehköche habe ich persönlich kennengelernt. Sie waren alle sehr freundlich.
Die Fahrt nach Hamburg war ein sehr schönes Erlebnis.

Aber zurück zu meinem Arzt.
Wenn er mich bei seinem letzten Besuch gefragt hätte, ob ich mit ihm in den Urlaub fahren würde, wäre ich ihm bis ans Ende der Welt gefolgt. Aber, was bilde ich mir nur ein?
Es ist doch unmöglich. Er ist nicht frei und viel zu jung für mich. Und ich sage mir immer wieder, wie kann man nur in meinem Alter noch so vernarrt sein.

Ich weiß nicht, warum ich dann zu ihm gesagt habe, dass er einer alten Frau keine Komplimente machen darf. Ich hätte den Satz vollenden müssen und ihm erklären sollen, dass jede Frau sich sofort in ihn verlieben würde.

Kurz bevor er das Krankenzimmer verlassen wollte habe ich ihn noch gebeten, mir doch bitte ein Foto von seinem kleinen Sohn und eines von ihm per Mail zu schicken. Ich wollte doch sehen, wie sich sein kleiner Sohn in der Zeit entwickelt hat.

Er schaute mich an und versprach mir die Fotos zu schicken. Dann verließ er wieder, so leise wie er gekommen ist, das Krankenzimmer. Ich hätte ihn noch so gern umarmt, aber ich wusste nicht, ob es ihm recht gewesen wäre.

Anschließend habe ich darüber nachgedacht, ob ich ihn mit meinen dummen Antworten enttäuscht oder verärgert habe. Ich weiß es nicht.
Am Tag meiner Entlassung hätte ich mich noch gern von ihm verabschiedet, aber er war gewiss wieder im Operationssaal.

Bevor der Taxifahrer kam, suchte ich noch die Cafeteria auf, in der Hoffnung, dass der Arzt erscheinen würde.
Aber er kam nicht.

Am Nebentisch, in der Cafeteria, saß ein Arzt und wir kamen kurz ins Gespräch. Er riet mir noch einmal den Arzt zu konsultieren, der den Thrombus bei mir gefunden hat.

Endlich erschien mein Taxifahrer. Ich lud ihn noch zu einem Eisbecher ein, denn er war von der zweistündigen Fahrt sichtlich erschöpft.

Und mit einem müden Fahrer zwei Stunden auf der Autobahn zu fahren, war mir dann doch zu gefährlich.

Als ich zu Hause eintraf, wurde ich von meinen beiden Männern, das heißt von meinem Ehemann und meinem ältesten Sohn, freudig empfangen und mit einem guten Essen verwöhnt.

Und ich dachte, es ist doch immer wieder schön zuhause zu sein und im eigenen Bett zu schlafen. Außerdem verfügt unser Haus über einen großen Balkon mit wunderschönen Blumenkästen. Und wenn die Sonne scheint, halten wir uns viel dort auf.

Am nächsten Morgen begann wieder, wie gewohnt, der Alltag. Zuerst muss ich immer meine vielen Vögel im Garten füttern. Die jungen Spatzen machen bereits um fünf Uhr am Morgen einen höllischen Lärm.

Aber nicht nur Spatzen halten sich in unseren zwei großen Birken auf und holen sich ihr Futter ab. Elstern, Meisen, Finken, Rotschwänzchen, Spechte, Stare und ein einsamer Rabe sind täglich unsere Gäste.

Der Rabe wurde von Elstern aufgezogen und findet nun keinen Anschluss an seine Artgenossen.

Unten vor dem Haus wartet täglich ein streunender Kater und miaut. Und der Kater kostet uns viel Futtergeld.

Seit mein Sohn einmal Dosenfutter für ihn gekauft hat, will er nichts anderes mehr fressen.

Wenn der Kater satt ist und die Vögel versorgt sind, bekommen auch noch die Fische ihr Futter.

In meinem Aquarium wohnt neben kleinen bunten Fischen ein Skalar und der begrüßt mich jeden Morgen. Er weiß genau, wann ich ihm sein Futter gebe.

Zuerst klopfe ich ans Aquarium. Dann klopft er mit seinem Maul von innen gegen die Aquarium-Scheibe. Danach bewegt er sein Maul auf und zu und ich zeige ihm die Dose mit dem Futter.

Dann schwimmt er sofort an die Oberfläche des Aquariums und ich streue ihm sein Futter hinein.

Erst wenn die Tiere versorgt sind, kann ich mich um unser Frühstück kümmern
Bei schönem Wetter trinke ich meinen Kaffee in aller Ruhe auf dem Balkon. Ich freue mich über die schöne Landschaft und beobachte die Vögel.

Aber, auch dabei denke ich an meinen Arzt. Ich habe ihn eingeladen uns zu besuchen, aber er meinte, es wäre mit den Kindern zu umständlich. Dabei schaute er mich an. Wollte er mir damit sagen, dass er alleine kommen möchte. War ich wieder einmal zu dumm ihm darauf die richtige Antwort zu geben?

Nein, ich bilde mir das nur ein. Denn immerhin sind zwei
Stunden Fahrt erforderlich.

Und soviel Zeit hat er nicht. Trotzdem würde ich auch
gern einmal seine Familie kennenlernen. Denn ich mag
sie.
Besonders das kleine Töchterchen hat es mir angetan.
Ich habe mir immer eine Tochter gewünscht. Leider
hat es nicht sein sollen.

Aber ich habe drei prächtige Söhne zur Welt gebracht.
Es war zwar nicht leicht, denn ich schwebte, während
der Geburten, zweimal in Lebensgefahr. Aber, weil ich
im Sternzeichen des Löwen geboren bin, habe ich mich,
wie schon so oft, wieder ins Leben zurückgekämpft.

Egal was bisher zu bewältigen war, ich habe jedes Problem gelöst. Bis heute. Nur mit einem Problem werde ich
nicht fertig.

Ich kann den Arzt einfach nicht aus meinem Herzen strei-
chen. Zum ersten Mal, muss ich mich geschlagen geben.

Wie ist das nur möglich, dass mir, einer gestandenen
Frau im hohen Alter, so etwas passieren kann.
Immer wieder versuche ich mich abzulenken. Ich schrei-
be meine Bücher, male Bilder, und arbeite im Garten, was
mir allerdings nicht immer bekommt. Nur um auf andere
Gedanken zu kommen.

Trotzdem schaue ich mir immer wieder sein Porträt an und ich weiß, dass ich mich nicht davon trennen kann.

Schon im letzten Jahr vor Weihnachten habe ich ihm eine E-Mail mit dem Foto von seinem Porträt geschickt. Er hat sofort darauf geantwortet und geschrieben, dass ihm noch niemand so ein schönes Geschenk gemacht hat. Leider habe ich ihm sein Porträt nicht geschickt. Was soll ich nur machen?

Aber, was man verspricht, muss man auch halten. Also musste ich ihn noch einmal porträtieren. Wenn er das Gemälde auch ein Jahr später bekommt, so hoffe ich doch, dass es ihm immer noch gefällt und ich ihm damit wieder eine Freude bereiten werde.

Wieder suchte ich die passende Leinwand hervor und machte mich ans Werk. Aber diesmal war es nicht mehr so kompliziert, denn mit dem ersten Porträt besaß ich eine gute Vorlage.

Trotzdem kostete es mich erneut viel Geduld und Zeit. Als das Porträt endlich fertig war, habe ich die beiden Gemälde miteinander verglichen.

Und ich war mit meiner Arbeit zufrieden. Erstens habe ich viel weniger Zeit dafür gebraucht und zweitens ist das zweite Bild noch etwas schöner geworden. Diesmal werde ich es ihm ganz gewiss zu Weihnachten schenken!

Nun habe ich wieder mehr Zeit um mein Buch zu schreiben.

Ich werde alle meine Gefühle und Gedanken niederschreiben und das Buch meinem Arzt widmen. Wenn ich es fertig geschrieben habe, werde ich es ihm schicken.

Vielleicht wird er es eines Tages mal lesen, denn er hat mir erklärt, dass er selten ein Buch in die Hand nimmt und es nach ein paar gelesenen Seiten wieder zur Seite legt.

Ich lese oft Bücher. Genau wie mein Sohn auch.
Er legt mir immer wieder Bücher, wenn er meint, dass sie mir gefallen könnten, auf mein Nachtschränkchen.

Ab und zu gebe ich auch mal eins ungelesen zurück.
Denn mein Sohn pilgert gern auf dem Jakobsweg nach Santiago und bringt mir darum auch immer wieder Bücher mit, die vom Jakobsweg berichten.

Zur Zeit lese ich allerdings ein sehr kompliziertes Buch, Von Goethe " FAUST" 1 und 2 und Urfaust.

Die Bücher bringen mich auf andere Gedanken.

Besonders im fortgeschrittenen Alter fragt man sich manchmal:
„Was ist das Leben? Und was bedeutet Glück?"

Und ich glaube:

„Das Glück ist wie ein Blatt im Wind.
Wenn es kommt zu dir,
dann öffne ihm dein Herz und deine Tür.
Denn wenn du es versäumst,
und nur von ihm träumst,
dann flieht es vorbei geschwind.
Denn das Glück ist nur ein Blatt im Wind."

Aber wie soll man das Glück festhalten, wenn es nicht an der eigenen Tür klopft? Dann bleiben nur noch Tränen übrig.
Aber, das Leben geht weiter. Und man soll für jeden schönen Tag, den man erlebt hat, dankbar sein.

Mein Arzt hat mein Leben durch eine Operation verlängert und ich bin ihm sehr dankbar dafür. Außerdem bewundere ich ihn, dass er das Wagnis eingeht, so schwerwiegende Operationen durchzuführen.

Als ich ihn einmal darauf angesprochen habe, dass seine Patienten große Angst vor einer Operation haben und wie er sich dabei fühlt, antwortete er: *„Einer muss es ja machen!"*

Und das bewundere ich an ihm. Denn schließlich trägt er die Verantwortung für jedes Menschenleben und muss mit dem Ergebnis seiner Arbeit auch seelisch fertig werden.

Ich glaube, dass es für jeden Arzt eine große seelische Belastung ist, wenn er erkennen muss, dass er auch mit einer gut durchgeführten Operation einem Menschen nicht mehr helfen konnte.

Welcher Patient macht sich schon Gedanken darüber, was Ärzte während einer Operation leisten müssen.

Ich schaue mir im Internet oft einen Videofilm über eine Herzoperation an. Dort kann ich mir auch meinen Arzt anschauen. Ich sehe seine Augen und höre seine Stimme.
Und immer wieder frage ich mich, was der Mann an sich hat, dass ich ihn so sehr mag.

Ich verstehe mich selbst nicht mehr. Er ist doch unerreichbar für mich. Warum kann ich ihn nicht endlich vergessen.

Noch nie habe ich mich so sehr nach einem Mann gesehnt.

Ich möchte seine Hände berühren. Ich wünsche mir, dass er mich umarmt. Das ich seinen warmen Körper spüre und ich möchte noch einmal seinen Hals küssen.

Wie soll das nur weitergehen? Wo ich gehe und stehe vergleiche ich ihn mit anderen Männern.

Juli 2017

Wieder in der Notaufnahme
Immer wieder versuche ich mich durch Arbeit abzulenken, aber dann schaue ich mir sein Porträt an und weiß, dass ich ihn nie wieder vergessen kann.

An einem Sonntagnachmittag, es war der zehnte Juli, bekam ich plötzlich sehr unangenehme Herzstiche.
Ich hatte Angst, dass ich einen Herzinfarkt bekomme.
Es war Sonntag und ich konnte nur den Notarzt rufen.

Der würde mich wahrscheinlich sofort in das nächste Krankenhaus schicken. Das wollte ich auf keinen Fall.
Wenn ich mich schon in ein Krankenhaus begeben muss, dann nur dort wo ich operiert worden bin.

Seit eineinhalb Jahren fahre ich immer wieder in die selbe Klinik. Dort bin ich immer gut behandelt worden und mein Lieblingsarzt hat mich oft besucht. Also habe ich gewartet, und gehofft, dass die Schmerzen wieder vorbei gehen würden. Leider war das nicht der Fall.
Die Schmerzen wurden immer stärker.

Es blieb mir nichts anderes übrig, als schnell meinen Koffer zu packen und in der Nacht vom Sonntag zum Montag in die Klinik zu fahren.
Eigentlich wollte ich schon in der letzten Woche die Klinik aufsuchen. Mein Hausarzt hatte mir vorgeschlagen eine Kernspintomografie machen zu lassen.

Außerdem hatte mir der Arzt von der Inneren Medizin weitere Untersuchungen verordnet.

Ich setzte mich mit der Sekretärin von der Inneren in Verbindung und bat sie, mir für ein bis zwei Tage einen Termin für eine stationären Aufenthalt zu geben.

Die Sekretärin lehnte jedoch eine stationäre Aufnahme ab. Ich verlangte daraufhin den zuständigen Arzt zu sprechen, aber auch der Arzt ließ sich nicht umstimmen.

Meine Ärztin hatte mir bereits eine Überweisung für die Klinik gegeben. Aber weil ich nur ambulant behandelt werden sollte, zögerte ich ein paar Tage die Klinik aufzu-suchen.
Doch als die Schmerzen am Sonntag immer stärker wur-den, musste ich wohl oder übel in die Klinik fahren.

Wie immer wurde ich in der Notaufnahme sehr gut auf-genommen. Eine junge Ärztin kümmerte sich rührend um mich. Ich bekam verschiedene Schmerzmittel und nach mehreren Stunden ließ der Schmerz so langsam nach. Trotzdem wollte sie mich vorsichtshalber für ein bis zwei Tage in der Klinik behalten.
Sie setzte sich mit dem zuständigen Oberarzt in Verbin-dung. Aber der lehnte eine stationäre Aufnahme erneut ab.
Daraufhin schickte die Ärztin mich noch zur Computerto-mografie und entließ mich notgedrungen noch am späten Nachmittag aus der Klinik.

Die Ärztin hat mir noch ein paar neue Tabletten verschrieben. Und ich habe das Gefühl, dass sie mir gut tun.

Ich weiß, dass mein Arzt ebenfalls im Sternzeichen des Löwen geboren ist. Da ich seinen genauen Geburtstag jedoch nicht kenne, hatte ich für ihn mein größtes und schönstes Blumengemälde mit in die Klinik genommen.

Frische Blumen verwelken. Diese Blumen sind für die Ewigkeit bestimmt. Und ich hoffe, wenn er Geburtstag hat und die Blumen anschaut, dass er ab und zu an mich denkt.

Weil ich nur einen Tag in der Notaufnahme war, und mein Arzt nicht kommen konnte, brachte ich das Gemälde ins Sekretariat und bat die Sekretärin, ihm das Gemälde auszuhändigen.

Ich ging in die Cafeteria und wartete auf mein Taxi. Aber es dauerte lange bis der Taxifahrer endlich kam. Denn der Taxifahrer fand sich nicht zurecht. Erst nach ein paar Telefonaten konnte ich ins Taxi einsteigen.

Während der Rückfahrt unterhielten wir uns ausgiebig. Ich schaute den Fahrer immer wieder an, denn seine Augen glichen denen meines Arztes.

Zuhause angekommen musste ich dem Fahrer versprechen, dass wir uns wiedersehen werden.

Er meinte, dass das Schicksal uns zusammengeführt hat und wir uns unbedingt einmal zum Kaffee trinken treffen sollen. Er bewunderte meine Bilder und Bücher und er lobte mich, dass ich in meinem Alter noch so viel leiste.

Ob es zu einem Wiedersehen kommt, weiß ich noch nicht. Normalerweise habe ich keine Zeit und kein Interesse daran. Aber seine Lebensgefährtin möchte mich auch gern einmal kennenlernen. Sie malt ebenfalls.

Nach meinem kurzen Klinikaufenthalt musste ich mir zuerst die neu verordneten Tabletten verschreiben lassen.

Es war ein Mittwoch. Als ich vom Arzt zurückkam, zeigte mein Telefon eine Telefonnummer an. Ich erkannte die Vorwahl. Es war ein Anruf aus der Klinik. Ich überlegte. Wollte mein Arzt mich anrufen? Ich wählte die Nummer, leider meldete sich nur eine Schwester.

Am nächsten Tag fuhren wir, wie an jedem Donnerstag zum Einkaufen. Und wieder zeigte das Telefon die Telefonnummer aus der Klinik an. Ich rief sofort zurück.

Diesmal meldete sich eine Patientin. Ich war traurig und überlegte, ob mein Arzt sich bei mir für das Gemälde bedanken wollte. Mich jedoch nicht erreicht hat.

Ich wüsste doch zu gerne, ob er das Gemälde bekommen hat und ob es ihm gefällt.

Ich kann ihn doch nicht anrufen. Ich weiß doch nicht, wann ich ihn unter welcher Telefonnummer erreichen kann.

Mein Anruf könnte auch ungelegen kommen. Oder es wäre ihm peinlich vor seinen Kollegen. Also musste ich auf seinen Anruf oder eine E-Mail von ihm warten.

Als weder ein Anruf noch eine E-Mail von ihm kam, entschloss ich mich seine Sekretärin anzurufen. Ich bat sie meinem Arzt auszurichten, dass er mich doch bitte anrufen möchte.

Aber er hat sich nicht bei mir gemeldet. Weder durch ein Telefonat noch mit einer E-Mail.

Das kann ich mir nicht erklären. Er hat doch früher immer sofort auf meine Schreiben reagiert. Habe ich ihn irgendwie verärgert oder enttäuscht?

Oder ist er gerade auf Wohnungssuche? Wahrscheinlich beschäftigt ihn sein kleiner Sohn zur Zeit zu sehr.

Ich habe ihm bei seinem letzten Besuch geraten, dass, jetzt wo sein Sohn so klein ist, er die Stunden mit ihm genießen soll. Denn es ist die schönste Zeit.

Die aufwendigen Operationen erfordern von ihm auch viel Zeit und seine ganze Konzentration. Und gewiss hat er auch noch andere Patienten zu betreuen.

Vielleicht will er auch unsere Freundschaft beenden.
Was will er auch von so einer alten Frau wie mir?
Es war wunderschön ihn kennengelernt zu haben.
Und ich bin ihm sehr dankbar für seine Aufmerksamkeit
und seine lobenden Worte.
Aber ich sollte meinen Verstand gebrauchen und mir klar
darüber werden, dass ich für ihn nur ein kurzes Zwi-
schenspiel war. In der Klinik gibt es so viele schöne junge
Frauen, die einem so schönen jungen Arzt gewiss
Avancen machen.

Ich werde noch einmal zu einer notwendigen Untersuchung in die Klinik fahren und sollte er zu mir kommen,
werde ich mich für seine aufmunternden Worte und für
seine Komplimente bedanken.

Sein Porträt werde ich mit in die Klinik nehmen und es
ihm überreichen. Sollte er nicht zu mir kommen, werde
ich das Bild zu seiner Sekretärin bringen und sie bitten,
ihm sein Porträt zu übergeben. Ich werde ihr sagen,
sie möchte doch bitte viele liebe Grüße an ihn bestellen
und ihm sagen, dass ich ihm und seiner Familie alles
Glück dieser Erde wünsche.

Dann werde ich versuchen, ihn zu vergessen. Ob mir das
jemals gelingen wird, weiß ich allerdings nicht.
Denn dieser Arzt ist für mich ein undurchschaubares Rätsel. Darum werde ich ihn wohl auch für immer in meinem
Herzen tragen.

Ende

Weitere Bücher von Gisela Paprotny

Taigablume
Natascha, das Mädchen aus der Taiga
ISBN 9783842395305

Taigablume
Leid und Glück
ISBN 9783844830392

Angi, der Sohn der Sternenwächter
ISBN 9783833475511

Angi und das Raumschiff
ISBN 9783839175125

Angi und der Planet der Sandungeheuer
ISBN 9783844867602

Anton und die Tücken des Alltags
ISBN 9783732207794
auch auf Kindle Free Time
ISBN 9783848283880

Kinder- Bilderbücher

Das kleine Monster
ISBN 9783735723987
auch auf Kindle Free Time
ISBN 9783735729132

Das Mädchen und der Raubritter
ISBN 9783738648850

Piepenpatz der kleine Spatz
ISBN 9783739227313

Patschi und der traurige Rabe
ISBN 9783739249186

Die himmelblaue und die rosarote Maus
ISBN 9783741253720

Die Bücher sind auch als eBook erhältlich

Herstellung und Verlag:
BoD - Books on Demand, Norderstedt
ISBN 978-3-7460-1792-1